Vente du Mercredi 16 Décembre 1908

HOTEL DROUOT

N° 80 du Catalogue.

ESTAMPES MODERNES

DESSINS

Mᵉ ANDRÉ DESVOUGES
26, Rue de la Grange-Batelière

M. LOYS DELTEIL
2, Rue des Beaux-Arts

IMPRIMERIE

FRAZIER-SOYE

153-157, rue Montmartre

PARIS

CATALOGUE

DES

ESTAMPES

MODERNES

ŒUVRES

DE

BESNARD, BRACQUEMOND, BUHOT, COROT
DAUMIER, DEGAS, DELACROIX, FANTIN-LATOUR
FORAIN, HADEN, LAUTREC, LEPÈRE
MANET, MERYON, RENOUARD, WHISTLER, ZORN, etc.

Dont la vente aura lieu

à Paris, HOTEL DROUOT, Salle N° 9

Le Mercredi 16 Décembre 1908

à 2 heures précises

Par le Ministère de Mᵉ ANDRÉ DESVOUGES,
Successeur de Mᵉ MAURICE DELESTRE
COMMISSAIRE-PRISEUR
26, Rue de la Grange-Batelière

Assisté de M. LOYS DELTEIL, Artiste-Graveur, Expert
2, Rue des Beaux-Arts

CONDITIONS DE LA VENTE

Elle sera faite au comptant.

Les adjudicataires paieront *dix pour cent* en sus des enchères.

M. Loys Delteil remplira les commissions que voudront bien lui confier les amateurs ne pouvant y assister.

MM. les amateurs pourront visiter la collection, 2, *rue des Beaux-Arts*, du Mercredi 9 au Lundi 14 Décembre 1908, de 2 heures à 5 heures, le *Dimanche excepté*.

Le Peintre-Graveur Illustré

(XIXe & XXe SIÈCLES)

par LOYS DELTEIL

OUVRAGE HONORÉ D'UNE SOUSCRIPTION DU MINISTÈRE DE L'INSTRUCTION PUBLIQUE
ET DES BEAUX-ARTS

TOME Ier. — MILLET, ROUSSEAU, DUPRÉ, JONGKIND,
Épuisé.

TOME II — CH. MERYON. . . . . . **25** fr. et **20** fr.

TOME III — INGRES — EUG. DELACROIX

45 Exemplaires de luxe (*presque épuisés*). . . . . **50** francs
300 — . . . . **25** —
100 — (sans l'eau-forte de Delacroix). . . . . . **20** —

POUR PARAITRE LE 18 FÉVRIER 1909 :

TOME IV consacré à ANDERS ZORN

et contenant la biographie du Maître,
le Catalogue raisonné de son œuvre gravé, et le fac-similé
de TOUTES les pièces décrites.

1 volume in-4°, d'environ 260 pages, contenant environ 230 fac-similé et
une eau-forte originale d'ANDERS ZORN, le PORTRAIT DU SÉNATEUR
AMÉRICAIN MASON, l'un des chefs-d'œuvre du Maître.

50 Exemplaires de luxe, avec l'eau-forte originale, *avant la*
lettre, sur japon. **60** francs

350 Exemplaires avec l'eau-forte originale, sur papier vergé,
avec la lettre. **35** —

150 Exemplaires sans l'eau-forte. . . . . **25** —

A l'apparition de l'ouvrage, le prix en sera porté, pour les exemplaires
de luxe à **80** fr., et les exemplaires ordinaires à **40** fr. et à **30** fr.

BULLETIN DE SOUSCRIPTION

(A renvoyer à M. LOYS DELTEIL, 2, rue des Beaux-Arts)

Je, soussigné, déclare souscrire à .... *exemplaire*

du Tome IVe du PEINTRE-GRAVEUR ILLUSTRÉ, au prix

.... *francs l'exemplaire.*

Signature et Adresse :

DÉSIGNATION

BARILLOT (Léon)

1. Au Marché aux bestiaux — Passage du gué — Vaches au bord de l'eau — Vaches et chevaux. Quatre pièces. Très belles épreuves sur japon, *avec remarques, signées* et *numérotées*.

BARYE (A. L.)

2. Ours du Mississipi. Très belle épreuve sur chine.

BEJOT (Eugène)

3. L'Estacade, Paris. Très belle épreuve, *signée*.
4. L'Éventail (Paris, vu du Pont-Royal). Très belle épreuve, *signée*.

BELTRAND (Jacques)

5. Les Baigneuses. Camaïeu de 3 pl. Très belle épreuve, *signée et numérotée*.

BELTRAND (Marcel)

6. Paysage, effet de soleil. Très belle épreuve, sur papier ancien, *signée* et *numérotée*.

BESNARD (P. A.)

7. Le Fauteuil de Maple. Très belle épreuve, *signée*.
8. La Mort au Festin. Belle épreuve, *signée*.

9. La Morte. Très belle épreuve.

10. Les Baigneurs. Très belle épreuve, *signée* (n° 32).

11. Quatre Têtes de Femmes. Très belle épreuve, *signée* et *numérotée*.

12. Les Enfants de l'artiste — Tristesse. Deux pièces. Belles épreuves.

13. La Songeuse — Femme nue, se coiffant. Deux pièces. Très belles épreuves.

14. Etudes — Etudes pour l'Ile Heureuse. Trois pièces. Belles épreuves.

BEURDELEY (Jacques)

15. Débarquement de charbon sur la Tamise. Très belle épreuve sur japon, *signée* et *numérotée*.

BOTTINI (Georges)

16. Les Amateurs. AQUARELLE. *Signée*.

BRACQUEMOND (Félix)

17. Les Saules des Mottiaux (190). Belle épreuve.

18. La Terrasse de la villa Brancas (215). Superbe et rare épreuve du 1ᵉʳ état, sur japon.

19. La Rixe, d'apr. E. Meissonier (349). Superbe et très rare épreuve du 2ᵉ état, à l'eau-forte pure, sur japon, *avec dédicace*.

20. Le Coq Gaulois. Superbe et rarissime épreuve du 1ᵉʳ état (tiré à 4 épreuves), sur papier ancien, *signée*.

21. Buste de jeune Homme. Superbe épreuve, *signée*, d'une pl. tirée à quelques épreuves seulement.

N° 2 du Catalogue.

BRESDIN (Rodolphe)

22. Repos en Egypte, épreuve sur chine, *signée*.

BRESDIN (R.) — REDON (O.)

23. Le Bon Samaritain — Allégorie. Deux pièces. Belles épreuves sur chine.

BUHOT (Félix)

24. Le Retour des Artistes (125). Très belle épreuve, *avant la lettre*.

25. Une Jetée en Angleterre (132). Très belle et rare épreuve du 1ᵉʳ état.

26. Un Vieux chantier à Rochester (147). Très belle épreuve, avec *dédicace*. Rare.

27. Les Bergeries (151). Belle épreuve, sur papier ancien, *signée*.

28. Souvenir de Medway (153). Belle épreuve, *timbrée*.

29. Environs de Gravesend (157). Très belle épreuve, *timbrée*.

30. La Place des Martyrs et la Taverne du Bagne (163). Très belle épreuve, *timbrée*.

CAMERON (D. Y.)

31. Perth Bridge. Belle épreuve.

31 *bis*. Amboise — Arran. Deux pièces. Belles épreuves.

CARRIÈRE (Eugène)

32. Tête de jeune Fille. Belle épreuve avec *remarque, signée*.

CHAHINᴇ (Edgar)

33. Louise France. Très belle épreuve, sur japon, *signée*.

34. Gerbeau (Jules). Très belle épreuve, sur japon, *signée*.

35. Portrait de jeune Femme. Très belle épreuve sur japon, *signée*.

CHARLET (N. T.)

36. La Mort du Cuirassier (La C. 44 RR.). Très belle épreuve.

COLIN (P. E.)

37. Solicitude paternelle, camaieu. Très belle épreuve, *signée* et *numérotée*.

38. Le Parc aux moutons. Très belle épreuve sur japon, *signée* et *numérotée*.

39. Les Pêcheurs de truites, Lucerne. Très belle épreuve, *signée* et *numérotée*.

COROT (J. B. C.)

40. Souvenir d'Italie (5). Belle épreuve.

40 *bis*. Dans les Dunes, souvenir du bois de La Haye (9). Très belle épreuve.

41. La Tour isolée (3143). Autographie. Très belle épreuve. Rare.

42. La Rencontre au bosquet (3144). Belle épreuve sur chine fixé. Rare.

DAUBIGNY (C. F.)

43. Le Marais aux Canards (114) — Le Ruisseau dans la clairière (118) — Le Gué (120) — L'Ane au pré (124) — Le Bouquet d'aunes (126). Cinq clichés verre. Belles épreuves.

DAUCHEZ (André)

44. Pins au bord de l'eau. Très belle épreuve, *signée*
et *numérotée*.

DAUMIER (Honoré)

45. Louis Blanc? *Pièce non décrite*. Seule épreuve
connue.

46. Et pourtant elle marche (278). Très belle épreuve
sur chine.

47. La Cueillette du raisin (940 RRR.). Très belle
épreuve. Seul exemplaire connu.

48. Les Chemins de fer, pl. 9 (1144), très rare épreuve
d'essai, *avant la lettre*.

49. Les Moments difficiles de la vie, pl. 5 — ~~Le Public~~
~~du Salon, pl. 10~~ — La Salle des ventes, pl. 1. —
Trois pièces. Très belles épreuves, *certificats
de tirage*.

DECAMPS (A. G.)

50. Les Laveuses (A. M. 5 RR.). Belle épreuve (sans
marges).

51. Joueuse de vielle (7 RRR.). Très belle épreuve.

52. Feuille de croquis (9 RRR.). Très belle épreuve
d'une pl. dont il n'est connu que deux ou trois
exemplaires.

53. Environs de Smyrne (12 RRR.). Très belle
épreuve.

54. Le Gardeur de porcs (18). Deux belles épreuves,
dont une du 1er état, très rare.

55. Pierrot regardant une croix suspendue à un
arbre. Eau-forte anonyme, *non décrite*. Fort
rare.

Nº 25 du Catalogue.

DEGAS (Edgar)

56. Joseph Tourny, graveur, 1857. Très belle épreuve du 2ᵉ état, teinté d'aqua-tinte. Très rare.

DELACROIX (Eug.)

57. Tigre couché à l'entrée de son antre (L. D. 12). Très belle épreuve tirée sur papier ancien.

58. Artistes Dramatiques en voyage (28). Très belle épreuve, *coloriée*. Fort rare.

59. Faust (57-74). Suite complète de 18 pl. dans la couverture de publ. Tirage postérieur.

60. Tigre en arrêt (131). Cliché-verre. Rare.

DELATRE (Eugène)

61. Coucher de soleil. Très belle épreuve, *imp. en couleurs, signée*.

62. Paysage de Hollande. Très belle épreuve, *signée* (nᵒ 1).

DELAVALLÉE (H.)

63. Angélique à sa fenêtre. Très belle épreuve, *signée* et *numérotée*.

64. Angélique à sa porte. Très belle épreuve, *signée* et *numérotée*.

65. Angélique au coin du feu. Très belle épreuve, *signée* et *numérotée*.

66. La Route de Landemer. Très belle épreuve, *signée* et *numérotée*.

67. Bretonne en noir. Très belle épreuve, *signée* et *numérotée*.

68. La Tour Eiffel — Effet de nuit sur la plage. Deux pièces. Très belles épreuves, *signées* st *numérotées*.

DETOUCHE (Henry)

69. La Sevillana. Très belle épreuve, *signée* et *numérotée*.

DUEZ (Ernest)

70. St Cuthbert — Le Cardinal Foulon — Portrait — Etude de Femme. Quatre pièces. Très belles épreuves, *signées* (sauf une).

DU GARDIER (R.)

71. Le Banc. Très belle épreuve, *imp. en couleurs*, *signée* et *numérotée*.

EDWARDS (Edwin)

72. Paysages et vues. Six pièces. Très belles épreuves.

FANTIN-LATOUR (H.)

73. Scène première du Rheingold (G. II. 8). Très belle épreuve du 2ᵉ état, sur chine, *signée*.

74. Tannhauser, Venusberg (9). Très belle épreuve sur chine, *signée*.

75. Le Musicien (13). Superbe épreuve sur chine, *signée*. Rare.

76. Rinaldo, 2ᵉ pl. (19). Très belle épreuve sur chine, *signée*.

77. Manfred (21). Très belle épreuve sur chine, *signée*.

78. Duo des Troyens, 2ᵉ pl. (22). Très belle épreuve sur chine. Rare.

79. Début de la Valkure (23). Très belle épreuve sur chine, *signée*.

80. Finale de la Valkure (24). Très belle épreuve sur chine, *signée*.

81. L'Étoile du Soir, 2ᵉ pl. (25). Très belle épreuve sur chine, *signée*. Rare.

82. I a Prise de Troie : Apparition d'Hector (30). Très belle épreuve sur chine. Rare.

83. Goetterdaemmerung : Siegfried et les Filles du Rhin, 1ʳᵉ pl. (31). Très belle épreuve sur chine. Rare.

84. Vénus et l'Amour (101). Très belle épreuve sur chine, *signée*.

85. Chasseresse (103). Très belle épreuve sur chine.

86. Ondine (129). Très belle épreuve sur chine. Rare.

87. La Source dans les bois (139). Très belle épreuve sur chine.

88. Siegfried et les Filles du Rhin, 4ᵉ pl. (141). Très belle épreuve sur chine.

89. Evocation de Kundry, 4ᵉ pl. (142). Très belle épreuve sur chine.

90. Prélude de Lohengrin, 2ᵉ pl. (146). Très belle épreuve sur chine.

91. Ariane (154). Très belle et rare épreuve *avant la lettre*, sur papier bleuté.

92. Centenaire H. Berlioz (175). Très belle épreuve sur japon, *signée*.

FORAIN (J. L.)

93. Le Déjeuner du matin, en largeur. Très belle épreuve *avec dédicace*, portant la mention : *tiré à 3 épreuves f.*

94. Le Bain, planche en hauteur. Superbe épreuve (n° 4) d'une pl. tirée à 12 épreuves, *signée*.

95. Le Bain, pl. en largeur. Superbe épreuve, *signée.*

96. Dans les Coulisses, éventail. Très belle épreuve, *imp. en couleurs.*

97. Rue Laffitte. Très belle épreuve, *timbrée* et *numérotée.*

98. Au Restaurant. Très belle épreuve, *numérotée* et *timbrée.*

99. Un Tableau de papa, programme pour l'Orphelinat des Arts. Très belle épreuve sur chine, *signée* et *numérotée.*

100. La Toilette. Belle épreuve tirée en sanguine.

101. Etudes de Femmes nues. Deux pièces. Très belles épreuves, *signées.*

GAILLARD (C. F.)

102. Tête de cire du Musée de Lille (36). Superbe épreuve, *avant la lettre,* sur chine, *signée.*

103. Dom Guéranger (38). Superbe et très rare épreuve d'essai, du 2ᵉ état, *signée.*

GAVARNI

104. Berthoud (S. Henry) (10 RRR). Très belle épreuve du 1ᵉʳ état.

GOYA (F.)

105. *Ya tienen asiento — El Vergonzoso — Mejor es holgar,* pl. 26, 54 et 73 des Caprices. Très belles épreuves.

106. Autriche (Marguerite d'), d'apr. Velasquez. Très belle épreuve.

107. Bacchus couronnant des ivrognes, d'apr. Velasquez. Belle épreuve.

GUIGOU (P.) — RENOUARD (P.)

108. Paysage, 1870 — Dans un Parc, en Angleterre.
Deux pièces. Belles épreuves.

HADEN (F. Seymour)

109. Newcastle in Emlyn (55). Très belle épreuve sur
japon, des collections Michelin, Barrion et Gerbeau.

110. Twickenham church (90). Très belle épreuve des
collections Barrion et Gerbeau.

111. L'Abbaye de Sawley (131). Très belle et rare épr.
du 1er état, *signée*.

112. Ye Compleat Angler (149). Très belle épreuve,
signée.

113. A Lancashire River (191). Superbe épreuve, *signée*
et *numérotée*.

HELLEU (P.)

114. Hélène Helleu. Superbe épreuve, *imp. en couleurs, signée*.

115. La Femme au corsage écossais, assise. Très belle
épreuve, *signée*. Rare.

116. Mlle Arlette Dorgère. Très belle épreuve, *signée*.

HERVIER (A.)

117. Mendiants à la porte d'une église. Superbe et
rare épreuve, *avant la lettre*, sur chine.

HUARD (Ch.)

118. Petite Place — La Charette — Rue du Roc —
Page d'album. Quatre pièces. Très belles épreuves, *signées*.

Nº 42 du Catalogue.

INGRES (d'après)

119. Odalisque. par Sudre — Françoise de Rimini. Deux pièces par Sudre et Aubry-Lecomte. Très belles épreuves, la seconde sur chine, *signée*.

ISABEY (d'après Eug.)

120. L'Ecu de France, par Mouilleron. Très belle épreuve sur chine, *avec la chanson*.

ISRAELS (Josef)

121. Intérieur de cuisine en Hollande. Très belle épreuve *avant la lettre*.

JACQUE (Ch.)

122. Porcher surveillant son troupeau (92) — Le Soir (94) — Jacque, par lui-même (139 et 170 RR.) — Petite maison Kercassier (451). Cinq pièces. Très belles épreuves. une *signée*.

123. Forge (256) — Moulin (260) — Forge (263) — Ecurie (265) — Moulin (266) — Paysage (267). Six pièces. Superbes épreuves.

JACQUE (Frédéric)

124. La Ferme de Barbizon, la nuit — La Barque — Les Haleurs — Songes. Six pièces. Très belles épreuves.

JACQUEMART (Jules)

125. Miroir Français du XVIᵉ siècle (21). Très belle épreuve, *avant la lettre*, des collections Giacomelli et Gerbeau.

JONGKIND (J. B.)

126. Vue du Port au chemin de fer à Honfleur (13). Très belle épreuve du 1ᵉʳ état.

127. Batavia (16). Très belle épreuve.

LABAT (Marius)

128. Fin de journée, bois original — Un tour à l'hospice de Rennes, d'apr. Godefroy. Deux pièces. Très belles épreuves sur chine, *signées*.

LANÇON (Aug.)

129. Lion assis, 1876. Eau-forte inédite. Superbe épreuve. Très rare.

130. Lion. Superbe et rare *épreuve d'essai*.

LAUTREC (H. de Toulouse)

131. Held (Anna). Très belle épreuve, *signée* et *numérotée*.

132. Lavallière et Lender. Belle épreuve *timbrée* et *numérotée*.

133. Leloir et Brandès. Très belle épreuve *timbrée* et *numérotée*.

134. Lender debout en costume de ville. Très belle épreuve.

135. Lender et Brasseur ? — Est-elle grasse. Deux pièces. Très belles épreuves, *timbrées* et *numérotées*.

136. Brandès et Le Bargy ? — L'Alliance Franco-Russe — Ida Heath au Bar. Trois pièces. Très belles épreuves, *timbrées* et *numérotées*.

137. Margouin, la Modiste. Très belle épreuve.

138. Un rude. Très belle épreuve, *timbrée* et *numérotée*.

139. Sarah Bernhardt dans Phèdre — Chilpéric. Deux pièces. Très belles épreuves, *timbrées* et *numérotées*.

139 *bis*. Le Tocsin. Belle épreuve, *avant la lettre*, tirée en ton bleuté.

140. Sarah Bernhardt dans Phèdre — L'Union Franco-Russe. Deux pièces. Rares épreuves d'essai.
On y a joint 3 programmes du Théâtre libre.

141. Rose Caron — Les Femmes savantes. Deux pièces. Très belles épreuves, *timbrées* et *numérotées*.

142. Emilienne d'Alençon dans une répétition aux Folies-Bergère — Leloir et Brandès. Deux pièces. Très belles épreuves, *timbrées* et *numérotées*.

143. Judic ou l'Essai du Corset — Antoine et Mme Henriot. Deux pièces. Belles épreuves, *timbrées* et *numérotées*.

144. Réjane et Galipeaux, dans Mme Sans-Gêne — Emilienne d'Alençon aux Folies-Bergère, etc. Trois pièces. Belles épreuves *timbrées* et *numérotées*.

145. Pour une fois — La Modiste, menu, etc. Trois pièces. Belles épreuves, *timbrées* et *numérotées*.

146. Bal masqué de Bordeaux. Très belle épreuve, *imp. en couleurs*, remontée.

147. Débauche. Très belle épreuve, *imp. en couleurs*, *numérotée*.

148. Le Coucher — Le Sommeil — Le Coiffeur. Trois pièces. Très belles épreuves *tirées en plusieurs tons, signées* et *numérotées*.

N° 94 du Catalogue.

149. Procès Arton, 2 planches (d'une suite [de 3). Belles épreuves, *timbrées*.

150. La Valse des Lapins — Ultime ballade — Sagesse — Carnot malade, etc. Six pièces. Très belles épreuves, *signées*, *timbrées* et *numérotées*.

LEANDRE (Charles)

151. Le Vieux peintre. Très belle épreuve. Rare.

LEGRAND (Louis)

152. Flore artificielle. Très belle épreuve, *avant le cuivre coupé*, sur japon.

LEGRAND (L.) — CHARPENTIER (A.)

153. Petites du ballet, pl. 17. — La Rameuse. Deux pièces. Belles épreuves, *signées*.

LEGROS (Alph.)

154. Le Lutrin, n° 2 (62). Très belle épreuve du 1ᵉʳ état, *signée*.

155. Le Baptême (65). Très belle épreuve sur japon, *signée*.

156. Job (67). Très belle épreuve, *signée*.

157. La Ferme du coteau (222) — Vieillard au repos (230) — L'âne foudroyé par la foudre (233) — Trois pièces. Très belles épreuves, *signées*.

LEPÈRE (Aug.)

158. Bourgeoises à la campagne (L. B. 66). Très belle épreuve, *signée*.

159. Le Ballon qui tombe (Pré-St-Gervais). Très belle épreuve, *signée* et *numérotée*.

160. Le Gueux des Campagnes (246). Très belle épr., *signée*.

161. Coupeurs de bouts de cigares (56). Très belle épreuve, *signée*.

162. Embarcadère sur la Garonne, Bordeaux (106). Très belle épreuve, *avant la lettre, signée*.

163. Le Pont St Michel (229). Fumé. Très belle épreuve, *signée*.

164. Les Pêcheuses de Pignons (ou Ramasseuses de coquillages) (294). Très belle épreuve d'état, tirée en camaïeu, *signée*.

165. Les Lames déferlent, 1901 (274), épreuve d'essai, *imp. en couleurs*. Rare.

166. Fin de journée, camaïeu. Très belle épreuve d'état, *signée*.

167. La Maison de Sabra (Quai des Orfèvres). Très belle épreuve, *signée* et *numérotée*.

168. Décharge publique, quai de la Gare. Très belle épreuve sur japon, *signée* et *numérotée*.

LEROLLE (Henri)

169. La Femme assise dans un paysage. Très belle épreuve.

LEYS (H.)

170. La Marche du condamné (H. B. 6). Très belle épreuve.

171. Les Archers (10) — Promenade hors les murs (12). Trois pièces. Belles épreuves.

172. Un Conventicule de réformés (16). Très belle épreuve sur japon.

LUNOIS (A.)

173. La Lessive dans le Gourbi. Très belle épreuve, *signée*.

174. Lona Barrisson aux Folies-Bergère. Très belle épreuve, *imp. en couleurs, signée* et *numérotée*.

MANET (Ed.)

175. Le Gamin (E. M. N. 11) — Olympia (17). Deux pièces. Très belles épreuves.

176. Baudelaire, de face (16). Très belle et rare épr. du 3ᵉ état (sur 5), sur japon.

177. Fleur exotique (18). Très belle épreuve.

178. Olympia (E. M. N. 97), dessin sur bois de Manet, gravé par A. Prunaire. Fumé sur gros japon. Très rare.

179. La Parisienne, 2 états (99) — Mᵐᵉ de Callias, 2 états (100), etc., 10 pl. par A. Prunaire, en *épreuves d'états* ou *d'essai*.

MANET — BRACQUEMOND

180. Baudelaire de profil et de face (15-16) — Baudelaire (H. B. 11, 12, 13). Cinq pièces, pour le *Baudelaire* d'Asselineau. Belles épreuves, *avant la lettre,* sur chine.

MATHEY (Paul)

181. Ern. Duez, 2ᵉ planche. Très belle épreuve, *signée.* Rare.

MERYON (Ch.)

182. Sᵗ-Etienne-du-Mont (30). Superbe épreuve *avant* que les bras de l'ouvrier n'aient été à demi-effacés.

183. La Pompe Notre-Dame (31). Très belle épreuve, *avant la lettre.*

184. Rue des Chantres (42). Très belle épreuve.

185. AUTOGRAPHE de Meryon : La Réfrigérente, 3 p. in-8 — Discours prononcé sur la tombe de Meryon, par de Salicis — Permis pour la coupole du Panthéon. Trois pièces.

186. La Pirogue d'Oni'uch apercevant le Rhin. DESSIN à la mine de plomb.

187. Jauge, élève de 1ʳᵉ classe à bord la corvette *Le Rhin*, 1842 — Types de Zélandais. Trois DESSINS plume ou mine de plomb.

188. Vues topographiques annotées — Types de Zélandais — Études de barques à voiles — Rébus. Vingt-quatre DESSINS ou croquis.

MILLET (J. F.)

189. La Bouillie (17). Belle épreuve.

MULLER (L.)

190. L'Orage. Très belle épreuve. Rare.

MULLER (Alf.) — RANFT (R.)

191. Confidences — Les Folies-Bergère. Deux pièces. Très belles épreuves, *imp. en couleurs, signées.*

OSTERLIND (A.)

192. Les trois Danseuses espagnoles. Superbe épreuve sur japon, *imp. en couleurs.*

PENNELL (J)

193. Regent street. Très belle épreuve du 1ᵉʳ état, *signée.*

PISSARO (C.)

194. Le Retour des Bucheronnes. Lithographie. Belle
épreuve.

PROUVÉ (V.)

195. Tête de Femme. Très belle épreuve, *signée.*

PRUNAIRE (Fanny et Alfred)

196. *Huit Dessins de E^{me} St Marcel, gravés sur bois en
couleur,* couverture et double suite, imp. *sur
teinte* ou sans teinte, *num.* et *sign.*

PRUNAIRE (Alfred)

197. L'Escalier du Palais de Justice, d'apr. H. Daumier. Très belle épreuve sur chine, *imp. en couleurs, signée.*

198. L'Amateur d'estampes, d'apr. Daumier. Très belle
épreuve sur chine, *imp. en couleurs, signée.*

199. La Dévideuse, d'apr. Bonvin. Très belle épreuve,
signée.

RAFFET (A.)

200. Combat d'Oued-Alleg (82). Très belle épreuve,
avec l'adresse de la rue Favart, sur chine,
petites marges.

201. La Revue nocturne (429). Belle épreuve encadrée
de vers manuscrits d'Alex. Dumas.

202. La même estampe. Bonne épreuve sur chine.

203. La Revue (H. G. 344) — Dernière charge des
lanciers rouges à Waterloo (388) — Vive l'Em-
pereur!!! (389) — 13 Vendémiaire (391) — Demi-
bataillon de gauche (418). Cinq pièces. Belles
épreuves du 1er tirage.

RENOIR (Auguste)

204. Deux Fillettes — Femme nue assise. Deux pièces.
Belles épreuves.

205. Femme nue couchée. Très belle épreuve.

RENOUARD (Paul)

206. L'Opéra, 30 Eaux-fortes par P. Renouard —
Paris, chez l'Auteur, s. d. Très bel exemplaire
avec la préface, numéroté et auquel a été ajouté :
2 dessins originaux : *Danseuse au piano* et les
Deux danseuses, puis **22** très rares *épreuves
d'états*, la plupart avec annotations. Très rare.

206 *bis*. Les deux Danseuses. Superbe épreuve, avec
dédicace.

206 *ter*. Danseuse au piano. Très belle épreuve, *dédicace*.

206 *quater*. L'Escalier de la Danse — Feuille de présence — La Loge directoriale — Le Roman.
Quatre pièces. Très belles épreuves, *signées*.

STEINLEN (T. A.)

207. Miséreux. Eau-forte. Très belle épreuve du 1er
état, *signée*.

208. Femme s'essuyant les pieds. Très belle épreuve,
imp. en couleurs, signée.

STRANG (W.)

209. *The Prodigal son — Lifting potatoes — Tinkers
— The Mother*. Quatre pièces. Belles épreuves.

TISSOT (J. J.)

210. La Frileuse (19). Superbe épreuve sur japon, *bon
à tirer*.

VIERGE (Daniel)

211. Tête de Moine. Eau-forte — Menu, pour M. P. Gallimard. Deux pièces. Très belles épreuves, une *avec dédicace*.

VILLON (Jacques)

212. La Fillette assise. Très belle épreuve, *signée* et *numérotée*.

WHISTLER (J. M. N.)

213. Rotherhite (60). Superbe épreuve sur japon.
214. Sketch on the Embankment (211). Très belle épreuve.
215. Cadogan Pier. Très belle épreuve sur japon.
216. Les Pianistes ou Musique de chambre. Belle épreuve sur chine.

WILLETTE (Adolphe)

217. Chansons, de Delmet, dix-sept pièces.

ZORN (Anders)

218. Sur la Tamise (F. de S. 7). Très belle épreuve.
219. Cleveland (Mʳˢ) (115). Très belle épreuve d'état, *avant le chignon*. Rare.
220. Miss Ludman, Baltimore (136). Très belle et rare épreuve d'état, *signée*.
221. Zorn, par lui-même (151). Belle épreuve.
222. Kip (Mʳˢ) (154). Très belle épreuve, *signée*. Rare.
223. Musicien de village. Belle épreuve.
224. Musique en Famille. Superbe et fort rare épreuve du 1ᵉʳ état, *signée*.

IMPRIMERIE

FRAZIER-SOYE

153-155-157, Rue Montmartre

PARIS